Este libro pertenece a:
This book belongs to:

- -

Brimax Publishing
415 Jackson St, San Francisco
CA 94111 USA
www.brimax.com.au
Part of the Bonnier Publishing Group
www.bonnierpublishing.com

Los dos cerditos traviesos

Two Naughty Piglets

Pipi y Pepe Cerdito viven en la granja con el granero amarillo.

¡Ellos no quieren ser traviesos, sin embargo, siempre terminan siéndolo!

Hoy están muy contentos porque el granjero Felipe tiene un nuevo tractor rojo.

Polly and Percy Piglet live on Yellow Barn Farm.

They don't mean to be naughty–but somehow, they always are!

Today they are very excited because Farmer Jones has a new red tractor.

"¡Vamos a ver si el Señor Felipe nos da un paseo en su tractor!" resopla Pepe.

Los dos pequeños cerditos trotan hacia la granja.

Allí hay un tractor rojo – todo nuevo y brillante.

¡Pero el granjero Felipe no está por ningún lado!

"Shall we see if Farmer Jones will give us a ride in his tractor?" snorts Percy.

The two little piglets trot into the farmyard.

There is the red tractor – all new and shiny.

But Farmer Jones is nowhere to be seen!

Los dos pequeños cerditos saben que deben esperar al Señor Felipe, pero Pepe está muy ansioso.

"¡Sentémonos adentro!" le dice a Pipi, y salta encima del tractor.

"¡Esto es maravilloso!" grita Pepe.

The two naughty piglets know that they should wait for Farmer Jones, but Percy is too excited.

"Let's sit inside," he says to Polly, and he jumps up into the tractor.

"This is great!" Percy shouts.

Pipi es muy bajita y no puede subirse.

"¡Por favor, ayúdame!" chilla la cerdita, quien está de puntillas.

Pepe se acerca a Pipi y la empuja encima del tractor, pero el pobre Pepe resbala.

Los cerditos traviesos se caen adentro del tractor.

Polly is too short to climb up.

"Please help me," she squeals, standing on tiptoe.

Percy leans down and pulls Polly up into the tractor, but he slips!

The naughty piglets tumble down inside the tractor.

¡Sin saber cómo, los cerditos sacan el freno!

El tractor comienza a moverse. Y se revuelca por toda la granja.

"¡Socorro!" grita Pipi. "¡Ayuda!" grita Pepe.

"¡Socorro!" chillan los pollitos, aleteando por toda la granja.

Somehow, they undo the brake!

The tractor begins to move. It rolls across the farmyard.

"Help!" squeals Polly. "Help!" squeals Percy.

"Help!" squawk the hens, flapping all over the farmyard.

¡Hay alas por todos lados ya que los pavos y los gallos salen volando!

El tractor se revuelca hacia el granero y choca contra la paja.

¡El granero está hecho un revoltijo cuando el tractor deja de rodar!

Feathers fly everywhere as turkeys and roosters flap out of the way!

The tractor rolls into the barn and crashes into the hay.

The barn is in a terrible mess when the tractor stops!

El Señor Felipe va corriendo hacia el granero y ve el terrible desastre.

"¡Que cerditos tan traviesos!" grita el granjero Felipe. "¡No podrán darse baños en el lodo por una semana entera!"

"¡Lo sentimos muchísimo!" dicen Pipi y Pepe, temblorosos. Ellos tienen mucho miedo.

Farmer Jones rushes into the barn and sees all the mess.

"You naughty little piglets!" shouts Farmer Jones. "No mud baths for a whole week."

"We're very, very sorry!" say Polly and Percy, shaking. They are very scared.

Los dos cerditos traviesos salen correteando tan rápido como les es posible.

Pipi y Pepe se van a su pocilga y se acuestan en la paja.

"De ahora en adelante, trataremos siempre de ser buenos cerditos," gruñen.

The naughty piglets scamper away as fast as their legs can carry them.

Polly and Percy go to their sty and lie down in the hay.

"From now on, we will always try to be good little piglets," they grunt.

Aquí tienes unas palabras del cuento. ¿Las puedes leer?

la granja saltar

el cerdito las alas los gallos

el granjero los pollitos el granero

el tractor rojo el pavo la paja

Here are some words in the story. Can you read them?

farm   jump   roosters

piglet   feathers barn

farmer   hens   hay

red tractor turkey

¿Cuánto puedes recordar de la historia?

¿Qué cosa es nueva en la granja con el granero amarillo?

¿Quién salta adentro del tractor primero?

¿Qué hace el tractor?

¿Dónde para el tractor?

¿Qué les dice el Señor Felipe a los cerditos?

¿Qué prometen hacer los cerditos?

How much of the story can you remember?

What is new at Yellow Barn Farm?

Who jumps into the tractor first?

What does the tractor do?

Where does the tractor stop?

What does Farmer Jones say to the piglets?

What do the piglets promise to do?

¿Puedes emparejar las fotografías para hacer cuatro pares?

Can you match the pictures to make four pairs?

Nota para los padres

Las historias de la **Granja con el Granero Amarillo** les va a ayudar a ampliar el vocabulario y la comprensión lectora de sus niños. Las palabras claves están en listas en cada libro y se repiten varias veces - señalen a las correspondientes ilustraciones a medida que ustedes lean. Las siguientes ideas ayudarán al niño a ampliar su conocimiento sobre lo que ha leído y aprender sobre la granja, también hará la experiencia de leer más divertida.

Pídele a tu hijo/hija que señale a los cerditos en cada una de las fotografías y hagan juntos los ruidos que hace el animal. Háblale de todos los otros animales de la historia, los ruidos que hacen, dónde duermen, y qué comen.

Háblale de los diferentes tipos de maquinaria que se utilizan en la granja, por ejemplo tractores y palas, y que hacen estas máquinas. Si es posible, relacionar los animales y los objetos vistos en la granja con el granero amarillo y los animales y objetos reales en la vida de su hijo/hija. ¡Señáleselos a su hijo/hija para que puedan hacer conexiones entre los libros y la realidad, lo cual harán que los libros sean más reales!

Notes for Parents

The **Yellow Barn Farm** stories will help to expand your child's vocabulary and reading skills. Key words are listed in each of the books and are repeated several times - point them out along with the corresponding illustrations as you read the story. The following ideas for discussion will expand on the things your child has read and learned about on the farm, and will make the experience of reading more pleasurable.

Ask your child to point out the naughty piglets in each of the illustrations, and make the animal noises together. Talk about all the other animals in the story, the noises they make, where they sleep, and what they eat.

Talk about all the different machinery used on a farm, for example tractors and plows, and what these machines do. If possible relate the animals and objects seen on Yellow Barn Farm to real animals and objects in your child's daily life. Point them out to your child so they can bridge the gap between books and reality, which will help to make books all the more real!